D1099956

Ne jamais écrire
dans les documents
ni les découper

Nous remercions le ministère du Patrimoine canadien,
la SODEC et le Conseil des Arts du Canada
de l'aide accordée à notre programme de publication

  Patrimoine Canadian
canadien Heritage

 Conseil des Arts Canada Council
du Canada for the Arts

ainsi que le gouvernement du Québec
– Programme de crédit d'impôt
pour l'édition de livres
– Gestion SODEC.

Nous reconnaissons l'aide financière
du gouvernement du Canada
par l'entremise du Programme d'aide au développement
de l'industrie de l'édition (PADIÉ) pour ce projet.

Illustré par :
Michel Rouleau

Couverture :
Conception Grafikar

Édition électronique :
Infographie DN

LA RÉGLISSE ROUGE DE GRAND-MAMAN

**DE LA MÊME AUTEURE
AUX ÉDITIONS PIERRE TISSEYRE**

Collection Sésame

Pierrot et l'été des salamandres, roman, 2006.

Collection Papillon

Les malheurs de Pierre-Olivier, roman, 2006.

Collection Conquêtes

Maximilien Legrand, détective privé, roman, 2006.

Les anges cassés, roman, 2007.

**Catalogage avant publication
de Bibliothèque et Archives nationales du Québec
et Bibliothèque et Archives Canada**

Vanier, Lyne

      La réglisse rouge de grand-maman

      (Collection Sésame ; 104)
      Pour enfants de 6 à 9 ans.

      ISBN 978-2-89633-057-7

      I. Rouleau, Michel II. Titre III. Collection :
      Collection Sésame ; 104

PS8643.A698R43 2007   JC843'.6   C2007-940796-X
PS9643.A698R43 2007

LYNE VANIER

roman

ÉDITIONS
PIERRE TISSEYRE

9300, boul. Henri-Bourassa Ouest, bureau 220
Saint-Laurent (Québec) H4S 1L5
Téléphone : 514-335-0777 – Télécopieur : 514-335-6723
Courriel : info@edtisseyre.ca

*Pour Charles et Marie,
et pour tous les enfants
qui vivront un jour la disparition
d'un être qu'ils aimaient tant.
En souhaitant que cette petite
histoire les aide à mettre des mots
sur ce mystère troublant.*

1

LA CLASSE DE
MADAME VIRGINIE

Sept heures et demie, le réveil sonne. Le soleil entre par ma fenêtre et me chatouille le bout du nez. Ça me fait sourire. J'étire mes bras et mes jambes. Comme je grandis! Je réussis presque à toucher la tête et le pied de mon lit en même temps! Bientôt je serai aussi grand que mon père. Je me lève d'excellente humeur. Je descends rejoindre mes parents à la cuisine. Papa lit son journal. Trop absorbé par les statistiques sportives, il trempe carrément son croissant dans son jus d'orange au lieu de le mouiller légèrement dans son café au lait. La saveur acidulée paraît le surprendre. Il plisse le nez puis éclate de rire en clignant de l'œil dans ma direction.

Pendant ce temps, maman prépare mon repas préféré : du pain doré arrosé de litres de sirop d'érable. Sucré à mourir, hyper collant et dégoulinant à souhait. J'adore. J'en reprends trois fois. Après ce délicieux déjeuner, je me sens plein d'énergie. On se brosse les dents, on se fait la bise et chacun part de son côté.

— À cet après-midi, Guillaume! chantonnent mes parents en chœur, avant de se glisser dans leurs voitures.

— Bonne journée, papa. À plus tard, maman!

Je leur lance un bisou du bout des doigts. Papa prétend le recevoir en plein milieu du front, comme une balle de base-ball. Il fait semblant de chanceler sous la force de l'impact. Quel comédien! De son côté, ma mère attrape mon bisou aussi délicatement qu'un papillon, l'examine attentivement avant de le souffler vers le ciel. Même si je sais qu'il s'agit d'un jeu, je ne peux pas m'empêcher d'essayer de repérer la jolie bestiole aux ailes colorées. Et, pour un bref instant, je crois effectivement l'apercevoir qui volette de-ci de-là dans l'azur.

Je me rends à l'école à pied, tout seul. Facile, j'habite juste en face. Seulement une rue à traverser. Madame Cossette, la brigadière scolaire, me salue gaiement et ébouriffe affectueusement mes cheveux. Elle semble aimer se faire chatouiller par le soleil elle aussi.

La matinée se déroule presque sans anicroche. Je suis en première année dans la classe de madame Virginie. Comme chaque matin, notre professeure nous demande de nous placer en équipe de trois ou quatre élèves. Parce que je suis assis entre Xavier et Zoé, il faut que je travaille avec eux. Pour Zoé, je veux bien. Une fille vraiment charmante. Xavier toutefois, c'est une autre histoire. Parfois, je le trouve un peu énervant. C'est le genre de garçon qui lève toujours la main pour répondre à toutes les questions et qui coupe la parole à ceux qui ne lisent pas assez vite à son goût. Un jour, je l'ai traité d'Hermione à la gomme. Il semblait très offusqué. «Je ne suis pas une fille!» m'a-t-il répondu. Peut-être pas, mais quand même prétentieux comme ça ne se peut pas.

Ce matin, avec Xavier et Zoé, je continue la préparation de notre super-dictionnaire illustré. Un ouvrage colossal qui nous occupera plusieurs mois. Et ça en vaut la peine. Chaque élève choisit un mot qui commence par la lettre de la semaine et l'illustre le plus joliment possible. Xavier dessine un dragon décapité. Encore une ruse pour se montrer meilleur que les autres : deux mots pour le prix d'un ! Il m'agace tellement ! Quant à Zoé, elle s'applique fort à peindre un dromadaire. Au début, elle lui met deux bosses. Elle semble très déçue quand je lui dis que ça ressemble plutôt à un chameau et que la lettre « c », c'était la semaine passée. Je m'en souviens bien. J'avais découpé une photo d'un « cangourou », mais madame Virginie ne m'a pas autorisé à l'utiliser. Elle m'a assuré que kangourou s'écrit avec un « k ». Et comme on n'arrive à la lettre « k » que dans six semaines, j'ai dû réquisitionner toutes mes réserves de patience... Ce jour-là, je me sentais un peu fâché. Il ne restait plus de mots à mon goût. Cannibale, château, chocolat : tous déjà pris ! Heureusement, madame Virginie est venue à ma rescousse. Se penchant vers moi, elle m'a soufflé à l'oreille :

— Est-ce que tu aimes les bonbons, Guillaume ?

Je ne voyais pas très bien pourquoi elle me posait cette question... J'adore les bonbons, mais ce mot débute par la lettre « b ». Sauf que si madame Virginie me demandait ça, c'est qu'elle avait sûrement une bonne raison de le faire. Alors, entrant dans son jeu, je lui ai chuchoté :

— Oui...

— Et dans quoi on ramasse plein de bonbons, à l'Halloween ? Dans une ci...?

— Dans une citrouille !

— Tu connais la première lettre de ce mot ?

— Bien sûr ! Un « c » ! Oh ! Merci, madame Virginie !

— Pas de quoi, mon petit gourmand!

Quelle magnifique citrouille j'ai dessinée. Joufflue, orange vif et avec un grand sourire édenté. Ce n'est pas que je veuille me vanter, mais vraiment, elle était superbe! Quand madame Virginie a montré mon dessin à toute la classe, Xavier était vert de jalousie. On voyait bien qu'il aurait aimé avoir eu l'idée de la citrouille avant moi. Il déteste ça quand la première place lui échappe. D'où le dragon décapité d'aujourd'hui. N'importe quoi pour attirer l'attention…

Quant à Zoé, une fois sa déception passée, elle corrige son dessin de bon cœur. Évidemment, son dromadaire se retrouve extraordinairement bossu, puisqu'elle réunit les deux bosses du chameau en une seule, mais ça va. Personne

CITROUILLE

ne peut contester que le nom de cet animal commence bien par un « d ».

De mon côté, je me sens d'attaque, ce matin : je décide de me venger de l'insupportable « monsieur-je-sais-tout ». Je dessine un gros donjon, avec une seule fenêtre tout en haut. Derrière les barreaux, on aperçoit la tête d'un garçon roux à lunettes. On jurerait qu'il s'agit d'une photo de Xavier… Zoé rigole doucement en examinant ma production. Le principal intéressé, lui, fait mine de ne rien remarquer.

J'aime bien apprendre l'alphabet. Chaque lettre cache tout un univers de mots. Et nous n'en sommes qu'à «d»… Que de merveilles nous attendent encore!

Puisqu'il est maintenant l'heure de dîner et que le soleil brille toujours aussi fort, les professeurs improvisent un pique-nique dans la cour d'école. Nous nous amusons comme des petits fous! Je me croirais revenu au camp de vacances. Dans l'après-midi, au

cours d'éducation physique, monsieur Paul-André sort les ballons
dehors et on se fait une belle partie
de ballon prisonnier. Une journée
vraiment PARFAITE!

Je ne le sais pas encore, mais
dans quelques minutes pourtant,
tout va se déglinguer.

À quinze heures trente précises,
madame Cossette stoppe tout le
trafic automobile pour me laisser
traverser la rue. J'adore ça. Presque
autant que le pain doré. Moi et Zoé,
nous prenons tout notre temps
pour franchir l'intersection. Le nez
en l'air, les épaules bien droites,
nous nous sentons très importants.
Un peu comme des présidents.
C'est quand j'arrive devant chez

moi que je remarque quelque chose de bizarre : la voiture de maman n'est nulle part en vue. D'habitude, elle la gare dans l'allée à gauche de la maison. Aujourd'hui, j'y aperçois plutôt une autre auto qui me semble vaguement familière, mais qui ne nous appartient certainement pas. De la visite ? En plein après-midi de semaine ? Cela ne me dit rien qui vaille. Puis, tout à coup, je me rappelle que ce sera mon anniversaire dans deux semaines. J'aurai six ans. Me prépare-t-on quelque chose de spécial ?

2

UNE VILAINE
SURPRISE

J'ouvre la porte et j'entre, à la fois méfiant et excité. Toute une surprise m'attend en effet. Hélas, pas une surprise bien emballée avec du joli papier coloré et des rubans. Pas de ballons ni de serpentins. Pas d'amis qui me chantent « Joyeux anniversaire, Guillaume ! » en faussant avec entrain…

Non, une vilaine surprise.

Maman n'est pas à la maison.

À la place, je vois ma tante Julie. La sœur de mon père. Elle n'aimerait sûrement pas que je la traite de vilaine surprise. Mais qu'on se comprenne bien : la vilaine surprise, c'est l'absence de ma maman. Pas Julie elle-même.

Ma tante me serre très fort dans ses bras, puis, les yeux dans les yeux, elle me déclare :

— Mon pauvre Guillaume chéri ! Tu vas devoir te montrer très courageux.

Et elle renifle deux petits coups.

Je me demande bien pourquoi elle me dit cela. Car mon courage ne fait aucun doute. L'autre jour, je me suis même battu contre deux grands de sixième année qui

22

embêtaient Zoé. Alors la bravoure, ça me connaît.

Julie s'accroupit devant moi et continue de me fixer. On jurerait qu'elle essaie de m'hypnotiser. Je cligne vite des paupières pour l'en empêcher.

— Guillaume, tu sais que ta grand-mère est à l'hôpital depuis un certain temps ?

Je hoche la tête. Bien sûr que je le sais ! Je lui rends visite tous les samedis avec maman. Mamou partage une petite chambre avec trois autres vieilles dames. Parfois, je m'amuse à tirer le rideau qui entoure son lit et je lui fabrique une jolie tente dans laquelle on se sent à l'abri. Le soir, quand on éteint la lumière et qu'on observe les gens de l'autre côté, on se croirait dans un théâtre d'ombres chinoises. Tout à fait charmant. J'aime bien rendre visite à grand-maman. En plus, elle garde tout plein de bon-bons dans le tiroir de sa table de nuit. Quand maman ne la regarde pas, mamou m'en donne de grosses poignées. Juste d'y penser, mon estomac commence à gargouiller. Me voilà d'ailleurs envolé dans mes rêveries sucrées.

Toutefois, pendant que je songe à des bâtonnets de réglisse et à des caramels qui collent aux dents, Julie continue à me parler. Je n'en-tends que ses derniers mots :

— ... ta grand-mère est partie.

J'atterris subitement.

— Partie ? En voyage ? Pour quel pays ?

Cette décision soudaine me sur-prend un peu. Il ne me semble pas qu'il en ait été question samedi dernier... Quoi qu'il en soit, j'adore recevoir des cartes postales ! Je me

réjouis déjà d'espérer celles que m'enverra mamou. Avec un peu de chance, je pourrai peut-être ajouter à ma collection une photo de la tour Eiffel ou celle d'un authentique kangourou, avec un « k ». J'insiste pour que ma tante m'indique la destination de ma grand-mère voyageuse.

— Allez, dis-moi! Partie pour où? Pour Paris? Pour l'Australie?

— Pas vraiment partie, Guillaume. Je m'exprime mal. Endormie plutôt.

Partie ou endormie? Il faudrait savoir, tante Julie. Ça ne se ressemble pas du tout. J'en fronce les sourcils.

— Ah bon. Alors d'accord. J'irai la voir quand elle ne dormira plus. Pas besoin d'en faire tout un plat. D'ici samedi, elle se réveillera sûrement. Tu veux bien me préparer une collation?

De grosses larmes perlent sur les cils de Julie. Elle les tamponne avec un mouchoir en papier. Je ne me doutais pas que le sommeil de mamou lui causait autant de chagrin. À moins qu'elle ne sache pas préparer les goûters? Comme elle n'a pas d'enfants, ça se pourrait bien. Je me dépêche de la réconforter.

—Ne pleure pas, Julie! Je ne veux rien de compliqué: une pomme fera l'affaire. Et puis, ne t'inquiète pas trop pour grand-maman. Elle se sent seulement un peu fatiguée ces temps-ci. Elle doit se reposer. Si mamou dort jusqu'à samedi, elle guérira plus vite. Ne te laisse pas abattre comme ça!

Julie se mouche et se tapote les yeux avec un autre coin du grand mouchoir. Puis, elle pousse un long soupir:

—Ah... Mon pauvre, pauvre Guillaume. Je suis désolée; je m'exprime tout croche aujourd'hui... Je ne sais pas comment t'annoncer ça: vois-tu mon chou, ta grand-maman ne guérira pas. Elle ne se réveillera plus.

—Plus jamais?

— Plus jamais.

Nouvelle séance de serrage dans les bras. Quand Julie me laisse reprendre mon souffle, je lui chuchote à l'oreille :

— Comme Gratouille ?

Julie pince les lèvres et fait « oui » de la tête.

Mauvaise nouvelle. Très mauvaise nouvelle.

Gratouille, c'était mon chat. Et avant d'être à moi, il appartenait à maman. Il s'agissait donc d'un très, très vieux chat. Presque aussi âgé que mamou. Il lui manquait des plaques de poils un peu partout : il ressemblait à un jouet de peluche pelé. Mais j'aimais bien le flatter quand même ; surtout sous le menton : ça le faisait ronronner. Souvent il se glissait dans ma chambre la nuit et dormait au pied de mon lit. Et puis un matin, Gratouille ne s'est pas réveillé. J'avais beau le caresser, il ne réagissait plus. J'ai appelé au secours, papa a accouru. Il a posé sa main sur le cœur de Gratouille et, d'un air triste, il m'a dit que mon chat était mort. Nous l'avons enterré dans un coin du jardin. J'ai fabriqué une croix et j'ai cloué une photo de Gratouille dessus. Mais avec le temps et la pluie, l'image s'est effacée. Disparu. Complètement disparu, le gros chat si doux…

Pendant que je me rappelle tout ça, Julie poursuit ses explications :

— Ta grand-maman est décédée ce midi, mon beau Guillaume. Tu comprends ce que cela signifie ?

«DCD» ! Un mot bien étrange si tu veux mon avis. Juste trois lettres posées les unes à côté des autres. La tête encore pleine de la disparition de Gratouille, je lui réponds :

— Tu veux dire que mamou a **d**isparu? Complètement **d**isparu?

Ma réponse paraît étonner Julie.

— Disparue? répète ma tante en réfléchissant. En quelque sorte, oui, Guillaume. Son corps se trouve encore à l'hôpital, mais plus son esprit.

Ça, j'avoue que ce n'est pas très clair. Une demi-disparition? Quel est donc ce mystère? Cette conversation commence à devenir un peu trop compliquée pour moi. Des images effrayantes me remplissent la tête. Ce doit être la faute de Xavier et de son dragon décapité. Je vois mamou coupée en deux: d'un côté son corps, de l'autre son esprit. J'essaie d'imaginer ce qu'elle ressent. Je me dis qu'elle doit détester ça. Il faut que j'arrête d'y penser. Vite! Me changer les idées!

Je redemande donc à Julie de me donner une collation et j'allume la télévision. Ma tante m'observe d'un air surpris, mais elle me laisse faire. Elle me tend une grosse pomme rouge. Tout avachi au fond d'un gros fauteuil, je regarde une émission sans vraiment la voir. Je crois qu'on présente un reportage sur les gorilles. Cependant, s'il s'agissait d'un spectacle de patinage artistique, je ne ferais pas la différence. Je tiens ma pomme à la main, mais je n'en croque même pas une bouchée. Je me sens tout bizarre. Peut-être que je suis un peu DCD moi aussi : le corps dans le salon, l'esprit dans les nuages. Comme j'aimerais que Gratouille soit encore à mes côtés. Je le caresserais derrière les oreilles, il me lécherait la main. Je m'ennuie de lui. Une grosse larme roule sur mon visage. Ceux qu'on aime ne devraient pas avoir le droit de disparaître ainsi…

Julie prépare mon souper. Des raviolis en boîte qui goûtent la nourriture pour chat.

Une éternité plus tard, maman revient à la maison. Il fait déjà noir. Elle porte quand même ses grosses lunettes de soleil. Je ne la reconnais presque pas.

— Bonsoir, mon beau Guillaume.

Elle se penche et me serre dans ses bras.

— Tante Julie t'a dit, pour mamou ?

Sa voix tremble, comme remplie de frissons.

— Oui, oui. Grand-maman est partie, endormie, DCD, le corps d'un côté, l'esprit de l'autre. Pauvre mamou…

Maman regarde Julie à travers ses lunettes fumées. Ma tante hausse les épaules, elle paraît un peu embarrassée. Puis elle embrasse ma mère et lui tapote gentiment le dos. Une minute plus tard, ma tante est partie. Partie chez elle, bien entendu. Pas endormie. Pas DCD.

Maman me fait couler un bain. L'eau est un peu froide, mais je ne me plains pas, car ma mère n'est vraiment pas dans son assiette. Elle garde ses lunettes noires qui lui cachent la moitié de la figure. Elle ne les enlève même pas quand elle vient me border dans mon lit. Pour la première fois de toute ma vie, elle oublie de me raconter une histoire. Au moment où elle va sortir de ma chambre, je lui souffle une bise et elle n'essaie pas de l'attraper au vol. Il ne s'agit peut-être pas de ma vraie maman. Peut-être que c'est un monstre extraterrestre avec des rayons laser à la place des yeux. Va savoir si elle ne joue pas un rôle dans ce qui arrive à ma grand-mère? Je me couche inquiet. Je place mon épée de Jedi sous l'oreiller. Si cette fausse mère essaie de venir me DCD moi aussi, je défendrai chèrement ma peau.

Je dors presque quand j'entends soudain la voix de papa.

— Oh, ma chérie! Désolé de mon retard... Je suis revenu aussi vite que j'ai pu. Par malheur, il y avait un trafic fou sur l'autoroute. Comment te sens-tu? Guillaume est couché?

Maman renifle. Papa la console avec des mots gentils. Je me détends un peu : il me semble que mon père s'en apercevrait si un extraterrestre essayait de prendre la place de maman. Je serre mon toutou dans mes bras et je m'endors enfin.

Pendant la nuit, je fais un drôle de rêve : Gratouille est là, couché dans mon lit. Son corps tout chaud se soulève à chacune de ses respirations. Je le flatte et il est incroyablement doux. Je me sens tellement content de le retrouver ! Je le taquine : «Alors, le gros minou ! Tu t'ennuyais au fond du jardin ? Tu as décidé de revenir me voir ? Tu me manquais, tu sais ! Ne me laisse plus jamais tout seul ! »

Quand je me réveille au matin, Gratouille a disparu. Le vilain! Il m'abandonne encore? Pour le punir, je décide de ne plus penser à lui. De toute façon, à quoi ça sert un chat mort?

3

ADIEU, MAMOU !

Quelques jours passent. À l'école, je surprends parfois madame Virginie à m'examiner d'un air tendre et tristounet. Elle a peut-être peur que j'attrape la même maladie que mamou et que je me mette à disparaître, moi aussi. Pour la rassurer, je m'applique à faire le plus de tapage possible. En trois jours, je récolte plus de menaces de retenue que tous les autres élèves réunis. Au moins, madame Virginie ne s'inquiète plus pour moi. Je ne suis pas en train de disparaître. Pas du tout.

À la maison, il règne une atmosphère inhabituelle. Le téléphone n'arrête pas de sonner. Toujours pendue au bout du fil, maman ne s'occupe pratiquement plus de moi. Fini le temps des belles histoires, blottis tous les deux dans mon lit. Papa fait de son mieux pour la remplacer, toutefois, il est meilleur pour jouer au hockey que pour lire les contes de fées.

Jeudi matin, par la fenêtre de ma chambre, je vois la brigadière scolaire aider mes amis à traverser la rue achalandée. Sauf que moi, je reste à la maison : congé d'école pour aujourd'hui. Ça fait mon affaire. Parce que le jeudi, on a cours d'anglais avec miss Betty. Elle est vieille, elle louche et je ne comprends jamais rien à ce qu'elle dit. En plus, apprendre l'anglais ne m'intéresse pas du tout. À quoi ça me servirait ? Tous mes amis parlent français ! Je préfère de beaucoup une journée de congé.

À la demande de mes parents, je porte mes plus beaux vêtements. Ceux qu'on a déjà prévus pour Noël dans trois mois. Pantalon de velours côtelé marine, chemise blanche amidonnée, petit débardeur à losanges et nœud papillon orné de coccinelles. D'un chic fou. Dommage. Je voulais faire une surprise à mamou en allant lui rendre visite le vingt-cinq décembre, avec mes nouveaux habits. Puisqu'elle me verra à l'église aujourd'hui, la surprise sera gâchée… Toutefois, maman insiste ; elle me répète qu'il faut s'habiller élégamment pour montrer à grand-maman qu'on l'aime. Dans ce cas, je veux bien. Parce que j'aime beaucoup ma mamie. Soudain, une contradiction me saute aux yeux. J'exige des éclaircissements :

— Nous verrons grand-maman à l'église ? Finalement, elle n'est pas DCD ?

— Si, Guillaume. Irrémédiablement décédée. Aujourd'hui, nous allons à l'église pour lui faire nos adieux. Ce sont ses funérailles. Tu sais, un peu comme la petite cérémonie que nous avions organisée pour Gratouille, dans le jardin.

Je ne veux pas me rappeler cette affreuse journée où nous avons enterré mon chat sous un arbre. J'avais tellement pleuré… Et puis, je suis encore fâché contre lui. Je ne lui ai pas pardonné de m'avoir abandonné, l'autre nuit. J'efface Gratouille. Je le raye de la carte. Je me concentre sur mamou.

— Elle sera là? Je pourrai lui parler?

Maman fait un signe qui ressemble à oui et à non en même temps.

— Et si je lui parle, elle me répondra?

— Oui, dans ton cœur.

— Maman! je lui réplique, un peu fâché, en tapant du pied. Mes oreilles ne se trouvent pas dans mon cœur! Si mamou me parle dans mon cœur, je ne l'entendrai pas! Je ne veux pas qu'elle me réponde dans mon cœur! Je veux qu'elle me parle comme avant!

— Impossible, ma puce d'amour… Grand-maman ne peut plus se servir de sa voix. Les gens décédés ne peuvent plus communiquer avec nous de la même manière qu'avant. C'est un peu comme avec Gratouille, tu ne l'entends plus ronronner, pas vrai?

Je n'ai pas du tout envie de penser à mon vieux chat mainte-nant. D'ailleurs, je voudrais que maman arrête de le ramener sur le tapis. Je prends un air buté.

— Tu te souviens, continue ma mère. Grand-maman est décédée comme Gr…

Même si ce n'est pas très poli, je l'interromps. Entendre la suite ne m'intéresse pas. On jurerait que maman essaie de me faire entrer de force une idée dans la tête. Une idée dont je ne veux rien savoir. Alors, je lui réponds, un peu brusquement :

— DCD... Oui, oui. Je me rappelle.

Disparue. Complètement disparue. Quelle poisse...

Maman paraît étonnée de ma rudesse. Toutefois, elle n'insiste pas. Elle a peut-être enfin compris que je ne veux plus entendre parler de ce lâcheur de chat. Il est bien dans sa boîte au fond du jardin ? Qu'il y reste !

Je pars avec mes parents pour l'église qui se trouve juste à côté de l'école. On peut s'y rendre à pied. En passant, je regarde la rangée de fenêtres qui donne sur ma classe. Mes amis Jérémie et Zoé me saluent de la main à travers une vitre. Madame Virginie, notre professeure, se joint à eux. Je leur réponds en me sentant très spécial.

Dans la nef bondée, il fait froid et chaud à la fois. Se trouvent là des dizaines de personnes que je ne connais pas. Maman m'indique où m'asseoir et elle repart vers l'arrière de l'église au bras de papa.

— Sois sage, Guillaume. Je reviens dans quelques minutes.

Quand je m'étire le cou, je l'aperçois qui serre la main à des tas de gens. Une longue file s'allonge jusqu'aux lourdes portes de l'entrée. Si elle doit saluer tout ce monde, elle y passera un bon moment. Je manque de temps pour démêler ce qui se passe là-bas car, tout à coup, je me rends compte que je suis assis devant mon cousin Ludovic. On ne s'aime pas beaucoup. À mon avis, c'est un prétentieux, un peu comme Xavier... Il se croit meilleur que moi parce qu'il sait faire un « trois soixante » sur sa planche à roulettes. Que fabrique-t-il ici ? Même pas moyen de dire adieu à mamou tranquille. Il devrait ficher le camp. Je lui tire la langue pour l'encourager à filer. Il réplique par une grimace complètement manquée. À cet instant précis, un orgue se met à jouer et ma mère remonte l'allée centrale de l'église. Son frère la tient par l'épaule. Ils paraissent très abattus tous les deux. Ludovic et moi arrêtons nos simagrées pour les laisser s'asseoir à nos côtés. Maman prend ma main dans la sienne. Mon oncle fait de même avec Ludovic.

Je serre la main de maman très fort. Elle sanglote quand même. Je regrette un peu mes pitreries. J'espère qu'elle ne pleure pas à cause de moi.

Sur une petite estrade en avant de nous, un vieux monsieur tout vêtu de blanc s'empare d'un micro.

— Qui est-ce ? je demande à ma mère.

— Un prêtre, me répond-elle tout bas. Il va dire la messe pour mamou. Écoute en silence, mon amour.

Ce prêtre parle sûrement un peu anglais. En tout cas, je ne comprends pas grand-chose à ce qu'il dit. Juste un mot par-ci, par-là. Il adore répéter : « Suzanne, notre sœur bien-aimée »… Suzanne ? Il

s'agit de ma grand-mère! J'igno-
rais que cet homme à la tête grise
faisait partie de notre famille… Ce
serait donc le frère de mamou? Je
cherche dans mes souvenirs.
Impossible de l'y retrouver. J'inter-
rogerai maman là-dessus.

De temps en temps, l'homme à
la robe blanche se tait et s'assied
quelques instants. Trois musiciens
prennent alors le relais. Un vio-
loniste, un violoncelliste et une
flûtiste. De la musique comme
grand-maman l'aime. Les musiciens
jouent des airs que j'écoutais parfois avec elle. Et, contrairement au
discours du vieux monsieur en
robe, ça, je comprends. Les notes
entrent dans mon cœur comme des
petites flèches empoisonnées.
Au début, elles ne font que pincer
un peu. Puis, après quelques
secondes, elles me remplissent de

larmes brûlantes. Ça me chagrine que mamie n'entende pas le violon avec moi. Elle explique bien la musique, ma grand-maman.

«Écoute, Guillaume! Écoute le violoncelle! Il parle d'une tempête sur la mer!» disait-elle.

Et, je le jure, même les yeux fermés, je voyais la tempête.

Aujourd'hui, je me concentre du mieux que je peux. Malgré mes efforts, le seul orage que je trouve souffle dans mon cœur.

Papa m'a dit que le corps de mamou repose dans cette grande caisse de bois verni en avant de l'église. Un cercueil. Évidemment, ma pauvre mamie ne peut pas écouter le beau concert. À cause du lourd couvercle fermé.

—Maman, je dis en tirant sa manche, quelqu'un doit ouvrir la boîte! Mamou va manquer d'air!

Et puis, elle n'arrive sûrement pas à entendre la belle musique!

— Pauvre petit Guillaume, souffle maman. Grand-mère n'a plus besoin d'air et je suis sûre qu'elle entend, même sans ses oreilles.

Me voilà complètement dérouté.

Mamou partie, endormie.

DCD.

L'esprit et le corps séparés.

Capable de parler sans voix et d'entendre sans oreilles.

Capable de vivre sans respirer.

— Tu sais bien, Guillaume…, ajoute maman. Mamou est comme Grat…

Suffit! Je refuse d'entendre la suite! Encore une allusion à Gratouille et je pique une crise de nerfs. Pas question que ma grand-mère finisse dans une boîte au fond du jardin. Je place mes mains sur mes oreilles pour empêcher les mots de ma mère d'entrer de force dans ma tête. Pour plus de sécurité, je ferme les yeux et j'essaie de voir mamou. Comme avant.

Avant le cercueil.

Avant l'hôpital.

J'y parviens assez bien. Je retrouve même sa bonne odeur. Dans le cou, mamou sentait le gâteau à la vanille et à la framboise. Parfois, elle sentait aussi la réglisse rouge.

Avant de sentir la maladie.

Parce qu'à l'hôpital, quand je me collais sur elle, je ne trouvais plus le parfum des petits fruits ni celui de la vanille. Seulement une vilaine senteur qui me piquait le nez et me donnait le goût de me moucher.

Le violon lance des notes déchirantes. Subitement, il me vient une idée et je décide de faire un pari : si je réussis à retenir ma respiration jusqu'à la fin du morceau de musique, mamou se réveillera et sortira de la caisse de bois, comme un clown d'une boîte à surprises. Elle rira et me dira : « Coucou, Guillaume mon chou d'amour ! Tu ne croyais tout de même pas que j'allais manquer cette fête ! Je viens de te jouer un bon tour ! Pas vrai ? Un à zéro pour moi ! » Ma mère sera bien attrapée elle aussi. Elle arrêtera peut-être de parler sans cesse de Gratouille ! Aucun rapport entre un chat mort et enterré et une grand-mère qui fait « coucou » en rigolant !

À vos marques ! Prêts ? Partez ! J'arrête de respirer. Je sens une drôle de pression dans ma poitrine. Mon cœur bat plus vite. Ma tête s'alourdit. Malgré tout, je tiens bon. Il me semble que mes joues rougissent et que mes yeux vont rouler sur le plancher d'une seconde à l'autre. Cette satanée pièce musicale n'en finit plus. Mes oreilles bourdonnent, je deviens de plus en plus rouge. La musique dure et dure encore. Je ne peux plus résister. Il faut que je recommence à respirer.

Échec lamentable.

Le couvercle de la caisse demeure bien fermé, retenant grand-maman prisonnière. Pardonne-moi, mamie... C'était trop difficile...

Les cloches qui sonnent me font sursauter. Je donne la main à ma mère et je marche derrière le cercueil dans lequel dort ma grand-maman DCD. Je n'ose pas le dire, parce que les larmes ruissellent de plus belle sur les joues de maman, mais je trouve que les cloches tintent très joliment. Je sens mon cœur monter avec les notes, vers le ciel parsemé de mignons nuages duveteux. J'espère que mamou les entend elle aussi, même sans oreilles, même en-dedans d'un gros cercueil.

Le cortège descend les marches de l'église, tourne à droite et atteint finalement le cimetière. De même, mon cœur redescend immédiatement des nuages où il batifolait gaiement. Il se serre. Tout se met subitement en place. On dirait que jusqu'à ce moment, j'avais réussi à garder deux idées bien séparées : d'un côté, Gratouille, mort et enterré, de l'autre, mamou, décédée. DCD, mais pas morte. Bizarre comment ma tête fonctionne parfois… Je suis très fort pour ne pas comprendre ce qui me fait du chagrin.

Mais là, pas moyen d'y échapper. Je sais ce qui se passe dans les cimetières. Je ne suis plus un bébé. On y cache les gens morts. On les laisse là, pour toute la vie, avec rien qu'une pierre sur laquelle on grave leur nom pour les distinguer les uns des autres. Je refuse de croire qu'on va abandonner mamou ici… Elle va s'ennuyer à mourir !

Au bout du cimetière, il y a un grand trou. Deux hommes y font descendre la boîte avec mamou dedans. Comme pour Gratouille dans le coin du jardin. Je ne veux pas. Je donne des coups de pied à l'un des fossoyeurs. Il me sourit d'un air triste pendant que papa m'oblige à reculer. J'entends un gros « boum » et les cordes remontent du trou. Elles pendouillent dans le vide. Le cercueil est tout au fond. On le voit quand on se penche. Maman me donne une fleur et me dit de la jeter dans la fosse. Avec mamie. Je ne veux pas non plus. Je préfère la garder pour moi. Mine de rien, je la mets dans ma poche de pantalon. Alors, maman me donne une deuxième rose. Je la lance. Je me sens comme si je venais de tuer ma grand-maman.

Ensuite, nous nous rendons dans un restaurant. On nous donne à manger et à boire à volonté. Tout le monde parle et rit très fort. Je dois avoir pris trop de dessert. Je vomis sur la moquette. Maman semble désappointée.

Le soir, je vais mieux. Je n'ai plus mal au cœur. Tante Julie me lit une histoire. En me caressant doucement la tête, elle m'explique que maman se sent trop fatiguée pour venir me border. Elle ment. Je sais que la fatigue n'a rien à voir là-dedans, c'est à cause de mon vomi. Ma mère est fâchée contre moi. Si seulement j'avais pu arriver aux toilettes à temps…

4

OÙ ES-TU, MAMOU?

Quand samedi arrive, je porte mes beaux habits, comme pour rendre visite à mamou à l'hôpital. Je sais bien qu'elle ne s'y trouve plus. J'ai vu le trou, le cercueil dedans, les fleurs sur le dessus. Mais on dirait que ça me réconforte de faire comme si… Comme si tout cela n'était qu'un mauvais rêve.

Comme s'il suffisait de fermer les yeux pour annuler la catastrophe. Comme si, par magie, je pouvais faire revenir mamou.

Malheureusement, une petite voix me siffle dans la tête : « Mamou est morte. Mamou est DCD. Disparue. Complètement disparue. Mamou est morte. Mamou est DCD... » Cette petite voix gâche tout.

Quelle affreuse journée. Je n'arrête pas de penser au dragon décapité de Xavier. Et quand cette image me laisse un peu tranquille, je revois la caisse avec mamou dedans au fond du gros trou. Julie disait que l'esprit de grand-maman s'était séparé de son corps. Où vont les esprits des gens morts ?

Le lundi, j'en parle avec Jérémie. Il croit que les morts montent au ciel. Une idée intéressante que je décide d'explorer plus à fond.

— Et comment ils s'y prennent d'après toi? Ils se changent en oiseaux?

— Peut-être bien que oui! À moins qu'ils n'y aillent en fusées, me répond Jérémie le plus sérieusement du monde.

Possible. Encore la semaine dernière, les Américains ont envoyé une navette dans l'espace. Facile de dissimuler quelques DCD dans la soute à bagages et de les relâcher en orbite quand personne ne peut voir ce qui se passe.

Li-Anne vient nous rejoindre. Elle nous propose une autre théorie:

— Déjà entendu parler de la réincarnation?

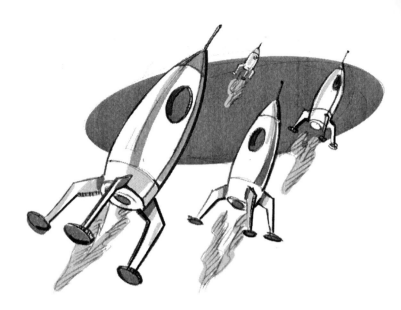

Jérémie et moi secouons la tête. Li-Anne explique. Je verdis à mesure qu'elle avance dans son exposé. Selon elle, les gens ne disparaissent jamais complètement : leur esprit se glisse tout bonnement dans un nouveau corps, parfois celui d'un animal.

— Tu veux dire que ma grand-mère pourrait s'être transformée en fourmi… ou en cochon ?

D'un air solennel, Li-Anne acquiesce. Je commence à avoir la nausée en me rappelant mon sandwich au jambon du midi. Je frissonne en songeant à toutes les fourmis piétinées depuis le début de la récréation. Je me traite de tous les noms : fripouille! cannibale! assassin! Je ne mangerai plus. Je ne bougerai plus. Quand la cloche annonce la fin de la récréation, je reste seul dans la cour alors que tous mes amis retournent en classe au pas de course : ils ne se soucient pas du tout des gens qu'ils écrasent de leurs pieds pesants. On voit bien qu'il ne s'agit pas de leur grand-mère à eux! Il faut que madame Virginie vienne me chercher pour me faire entrer dans l'école. Comme je marche à pas de tortue, pour bien examiner où je pose les pieds, elle finit par me prendre dans ses bras. Le soir, elle téléphone à ma mère. Leur conversation dure de longues minutes. J'entends les « hummm, hummm » de maman à travers la porte de ma chambre.

— Guillaume, mon chou! Viens souper, me dit-elle après avoir raccroché. J'ai cuisiné un super spaghetti.

— Non merci. Je n'ai pas très faim.

En fait, je CRÈVE de faim. Néanmoins, pas question de risquer de manger ma grand-mère réincarnée en tomate ou en bœuf haché. Li-Anne a oublié de préciser si les morts peuvent aussi se métamorphoser en plante et en légume. Avec quoi fabrique-t-on les pâtes alimentaires? Je pourrais peut-être manger les spaghettis sans sauce? J'en suis là dans mes réflexions quand ma mère cogne à ma porte. Elle l'ouvre doucement et faufile sa tête par l'embrasure.

— Allons, mon petit loup, il faut que tu te nourrisses! Déjà que, d'après madame Virginie, tu te sentais faible dans la cour de récréation. Je sais bien que tu as de la peine pour mamou, mais il faut quand même manger, mon chéri! Grand-maman ne voudrait certainement pas que tu te laisses mourir de faim.

Mourir? Moi? PAS QUESTION! Aucune envie de me retrouver à mon tour dans un cercueil au fond d'un trou, avec juste des fleurs pour me tenir compagnie! Je me précipite à la suite de ma mère et je dévore mon assiette de pâtes.

Demain, j'expliquerai à Li-Anne que les fourmis et les cochons, si ça se trouve, ça ne se passe ainsi que dans sa religion. Mamie ne venant pas du même pays que mon amie, les règles ne doivent pas être les mêmes.

Xavier se pense vraiment très bon. Sans doute parce que son père travaille comme docteur à la clinique du Plateau. Il m'entend parler avec Jérémie et se mêle impoliment de nos affaires. Il se moque de moi et soutient que seuls les bébés peureux croient que les morts montent au ciel.

— Les morts sont MORTS, Guillaume! Terminés. Effacés. Annulés. C'est mon père qui le dit. Comme quand tu pèses sur le bouton «supprimer» de ton ordi. Finis! Partis!

Et il se met à danser autour de moi en répétant «Finis, partis! Supprimés!» jusqu'à ce que je me fâche.

— Menteur! Tu ne connais rien là-dedans!

Je ne l'écoute plus. Avant, il arrivait que je joue avec lui. Maintenant, je l'évite comme la peste. Toutefois, j'avoue que son histoire me trouble plus que je ne voudrais l'admettre.

J'en parle avec Julie. Une pro de l'informatique, ma tante. Elle m'explique alors que, même officiellement «supprimés», elle parvient souvent à récupérer certains dossiers cachés dans la corbeille de son portable. Ha, ha! Je m'en doutais! Xavier parle encore sans savoir! Qu'il retourne donc dessiner des dragons décapités et qu'il laisse ma grand-mère tranquille!

Mamou se trouve peut-être dans une corbeille quelque part. Si je la découvre, je la sauverai. Pas une minute à perdre. Commençons par étudier la corbeille de l'ordinateur familial.

Me voilà interdit d'ordinateur pour un mois.

Maman paraissait très fâchée. Comment je pouvais deviner, moi, qu'on ne peut pas toujours remettre la main sur des dossiers supprimés ? Il fallait bien que je m'exerce ! Pour retrouver mamou !

— GUILLAUME ! Qu'as-tu fait de ma présentation sur les opérations humanitaires en Haïti ?

Ma mère ne rigolait pas. Même pas le temps de préparer une réponse consolante.

— DANS TA CHAMBRE! Tout de suite! me dit-elle, furieuse.

Son dossier venait de disparaître à tout jamais. Existe-t-il aussi un paradis pour les fichiers perdus?

« … et les gens à qui l'on pense ne meurent jamais », concluait pompeusement l'animateur de radio en ce dimanche matin.

Ce bout de phrase me turlupine depuis des jours. Qu'est-ce que ça signifie exactement ? M'adressait-il un message ? Me disait-il que mamou ne serait pas morte si j'avais pensé davantage à elle ? Ou que je pourrais la faire revenir, à la condition de penser à elle suffisamment ? Pendant vingt-quatre heures, sans interruption ? Je suis convaincu qu'il vaut la peine de tenter l'expérience.

Je choisis d'avance une journée de congé, parce qu'à l'école, il y a trop de distractions. Des professeurs qui donnent leurs cours. Des amis qui veulent jouer. Impossible de se concentrer en paix.

Samedi matin. Enfin.

Allongé sur mon lit, je songe à ma grand-mère. Quand maman vient me tirer de là, à midi, je la suis en répétant silencieusement dans ma tête : « mamie, mamie, mamie ».

Pendant l'après-midi, je feuillette les vieux albums de photographies. Facile de méditer sur mamou. On la voit partout. Sur une photo, elle tourne le dos à la caméra, comme si cela pouvait dissimuler le panache de fumée qui monte du gros cigare cubain qu'elle s'offre en douce. Sur une autre, elle se tient à quatre pattes à côté de moi. Papa me raconte qu'elle n'en pouvait plus de me voir ramper. « Puisque personne d'autre ne le fait, je vais me dévouer ! » avait-elle déclaré.

« Cet enfant n'apprendra jamais à marcher si vous le laissez se traîner comme un serpent ! Je vais lui enseigner la bonne technique ! » En parcourant les albums, je revis plein de beaux moments…

Le soir, je me cloître dans ma chambre, même si on passe un de mes films préférés à la télévision. Trop de risques que je me laisse emporter par l'histoire et que j'oublie de penser à mamie. En me voyant quitter le salon, ma mère lève un sourcil étonné :

— Ça va, Guillaume ? Tu te sens bien ?

Parfois la vie nous met face à des choix déchirants. Je déteste mentir, mais là, pas d'autre solution.

— Oui, maman. Juste un petit coup de fatigue. Je vais me coucher. Bonne nuit !

— Repose-toi bien, mon chéri!

Je me glisse dans mon lit, pas fatigué pour deux sous, et je repasse en boucle dans ma tête toutes ces images de ma grand-mère. Plus de la moitié du chemin déjà parcouru. Malheureusement, le plus dur reste à venir : la nuit. Il fait chaud. Mes paupières se ferment toutes seules. Je crains de m'endormir. D'un coup de pied, je rejette mes couvertures et je me lève pour ouvrir la fenêtre. Un vent frisquet s'engouffre dans ma chambre. Je frissonne. Parfait. Le sommeil ne m'attrapera pas. Pour mettre toutes les chances de mon côté, je m'imagine Xavier se battant contre un million de dragons décapités. Je désigne ma grand-mère comme arbitre. «Attention, ce film contient des scènes de violence pouvant ne pas convenir à un jeune public. Le jugement des parents est conseillé. » D'habitude, ce genre de cinéma me garde bien éveillé.

Zut! Je me suis endormi quand même! Tous ces efforts pour rien.

Mamou! Je suis trop petit pour te faire revenir tout seul. Il faudrait que tu m'aides un peu.

5

MAMOU, ES-TU
À L'ÉCOUTE ?

Grand-maman me manque.

Je regarde souvent une jolie photo d'elle. Je lui parle. Cependant, j'ai beau écouter attentivement, jamais je n'entends ses réponses. Je le savais que mon cœur à moi n'a pas d'oreilles. Un jour, je lui ai même murmuré :

[I love you], en anglais. J'avais demandé à miss Betty comment on disait « je t'aime », chez les Américains. C'était juste au cas où l'histoire de Jérémie avec les navettes spatiales états-uniennes aurait été fondée et que ma grand-mère soit désormais anglophone. Mais sur le cliché, mamie a continué tout bonnement à sourire, en silence. Une autre bonne idée inutile.

— Mamou, es-tu à l'écoute ? À toi.

Grésillements sur la ligne. J'ajuste la fréquence.

— Mamou, me reçois-tu ? C'est Guillaume ! La transmission laisse à désirer. Parle fort et très lentement ! À toi !

Les bruits de friture persistent.

Je m'approche de la fenêtre et j'observe le ciel. La lune brille comme une pièce de monnaie toute neuve. Pas un nuage en vue. Des conditions idéales pour le déplacement des ondes radio. En plissant mes yeux, je peux apercevoir le *walkie-talkie* que j'ai accroché au sommet de notre érable, au péril de ma vie. Avec les lunettes d'approche empruntées à mon père, je distingue même le voyant lumineux qui clignote, m'indiquant que tout fonctionne bien, côté approvisionnement en énergie. Néanmoins, l'appareil a beau pointer vers les vastes étendues célestes où flotte maintenant ma grand-mère, je ne réceptionne rien du tout. Mon propre *walkie-talkie* s'obstine à crachoter des grincements insignifiants. Piteux, je lance mon émetteur sur le lit. Je commence à en avoir assez de faire des efforts tout seul.

— Tu pourrais te forcer un peu, mamou! Donne-moi un indice! Dis-moi comment je dois m'y prendre pour parler à nouveau avec toi!

Je me console en mangeant de la réglisse rouge. Chaque bouchée me rappelle ma grand-mère. Elle adorait la réglisse rouge, elle aussi. Elle en cachait dans une vieille boîte à biscuits, dans sa table de nuit. Quand elle pensait que maman ne la voyait pas, elle m'en refilait quelques bâtonnets.

Je crois que j'ai dû m'endormir avec une bouchée de bonbon collée sur la langue. Parce que je me réveille ce matin et je goûte encore cette friandise. Au moment où je me lèche les lèvres, le souvenir du rêve que j'ai fait cette nuit se pointe le bout du nez. J'arrête de bouger pour ne pas l'effrayer. Les rêves sont des créatures très capricieuses : on fait un pas de travers et ils s'enfuient pour toujours. Comme si je venais de réussir à l'apprivoiser, mon songe se déploie dans ma tête, tel un magnifique cerf-volant par une journée de grand vent. J'en revois tous les détails. Je me mets à rire et je descends l'escalier en courant.

Assise à la table de la cuisine, maman me jette un regard surpris, en levant bien haut les sourcils.

— Que nous vaut ce magnifique sourire, ma puce ?

— J'ai reçu la visite de mamou, cette nuit !

Ma mère repose délicatement sa tasse de café.

— Oh ! Tu veux bien me raconter ?

Elle m'écoute sagement pendant que je lui résume mon rêve. Elle a les mêmes yeux que mamie. Après mon récit, elle pousse un petit soupir :

— Chanceux, va ! Quelle belle visite ! J'espère qu'elle reviendra te voir souvent… Tu me dis que tu avais mangé de la réglisse rouge avant de te coucher ?

Oh, oh ! Elle va me disputer… Je commence à bredouiller une excuse, mais elle ne me laisse même pas le temps de terminer mon premier mot.

— Il t'en reste? Tu partages avec moi? Qui sait, l'odeur de la réglisse l'attire peut-être?

Chère maman… Elle inventerait vraiment n'importe quoi pour me voler mes bonbons…

Pour acheter la paix, je lui donne quelques ficelles parfumées à la cerise.

Depuis cette nuit merveilleuse, mamou vient me rencontrer de temps en temps. Sans avertir. Sans tambour ni trompette. Toujours pendant que je dors. Elle ne parle pas. Elle se contente de me sourire et de me caresser la joue. Une fois, j'ai cru apercevoir Gratouille à ses côtés. Parfois, elle disparaît plusieurs jours d'affilée. Et puis, tout à coup, elle revient à l'improviste. Quelquefois, je mange de la réglisse rouge avant de me coucher. Au cas où maman aurait raison. Je crois que ça fonctionne pour vrai. Ce parfum gourmand semble ensorceler ma mamie et elle se glisse plus souvent dans mes rêves ces nuits-là. Il ne s'agit peut-être que d'un hasard. Qu'importe!

Complètement disparue, ma grand-mère? Mon œil! Je possède maintenant une mamou discrètement cachée dedans... Dedans mon cœur, dedans ma tête et dedans mes rêves. J'ignore comment grand-maman s'y prend pour venir me rendre visite et de quelle façon elle occupe le reste de son temps. Je sais seulement qu'elle semble heureuse et que nos rencontres me mettent le sourire aux lèvres pour la journée.

Xavier peut bien continuer de
dessiner des dragons décapités.

TABLE DES MATIÈRES

v

Lyne Vanier

Lyne Vanier est auteure et psychiatre. *La réglisse rouge de grand-maman* est son cinquième roman aux Éditions Pierre Tisseyre. Elle y décrit avec humour et tendresse le deuil de Guillaume, un jeune enfant qui doit composer avec la mort de sa grand-mère. Comme toujours, Lyne Vanier met sa science et sa plume à contribution pour nous offrir ce merveilleux roman jeunesse qui s'avère un excellent outil pour favoriser le dialogue entre petits et grands.

Collection Sésame